작아지고 싶다

작아지고 싶다

1판 1쇄 : 인쇄 2012년 11월 5일
1판 1쇄 : 발행 2012년 11월 8일

지은이 : 주경희
펴낸이 : 서동영
펴낸곳 : 서영출판사

출판등록 : 2010년 11월 26일(제25100-2010-000011호)
주소 : 인천광역시 계양구 효성동 200-1 현대 404-103
전화 : 02-338-7270 팩스 : 02-338-7161
이메일 : sdy5608@hanmail.net

사　진 : 오경택
디자인 : 이원경

ⓒ2012주경희 seo young printed in incheon korea
ISBN 978-89-97180-18-9 04810
ISBN 978-89-97180-00-4(set)

일원화 공급처_(주)북새통
주소 : 서울 마포구 서교동 464-59 서강빌딩 6층
전화 : 02-338-0117(대표), 팩스 : 02-338-7160
이메일 : info@booksetong.com

작아지고 싶다

2012 · 서영

주경희 시인의 시집 출간을 축하하며

　2009년 8월, 행복하게도 한실 문예창작 오프라인 서울 포시런 문학회가 출범했다. 한 달에 한 번씩 토요일 오전 모임을 가졌는데, 날이 갈수록 그 분위기가 달콤하고 즐거웠다. 거의 50대 회원들로 이뤄진 모임인데도, 마치 소녀 소년들의 가슴속처럼 설렘과 낭만과 미소가 가득차 너울거렸다.
　그 그릇에 담긴 긍정의 에너지가 주경희 시인으로 하여금 숱한 시들이 쏟아지도록 부추겼던 것 같다.
　주경희 시인은 열정적으로 사업을 전개하는 여장부이기도 하다. 하지만, 등산 30분을 제대로 못 넘기고 힘겨워 할 정도로 몸이 허약했다. 다행히 동료 친지 문우들과 함께 작은 산, 큰 산으로의 나들이가 건강 회복에 많은 도움을 주었다고 한다.

　산행 때마다 또는 여행 때마다 한 편 한 편 건져 올린 시들이 한실 문예창작 문학동아리에 영상과 함께 발표되기 시작하면서 그녀의 창작 생활은 빛을 발하기 시작했다.
　어느덧 220여 편의 시가 고운 빛깔과 향기를 껴안고 독자의 눈길을 사로잡게 되기에 이르렀다.

　주경희 시인의 시는 관조의 시선으로 사물을 재해석하고 있다.
　절제된 관찰의 프리즘을 통해 추억과 자연과 감동의 세계를 건져 내어 품격 있는 시로 형상화시키면서, 또 인간 근원의 본성에 대해 끊임없이 천착하면서 인간미 넘치는 세상

■ 작아지고 싶다

을 그려 놓고 있다.

나아가 사랑과 그리움뿐만 아니라 이별과 회한까지도 넉넉한 가슴에 용해, 순화시켜 놓고 있다. 무엇보다도 애틋한 정서가 감동 자락을 휘감아 시심의 중심으로 끌어당기고 있다.

또한 군더더기 없는 시어의 사용은 선명한 이미지를 구현하도록 돕고 있고, 시상의 자연스런 흐름도 좋아서 리듬까지 생글탱글 살아나도록 해주고 있다. 그리고, 사물과 세계에 대해서는 치열한 시정신을 통하여 다각적으로 통찰하고 분해하고는 이를 다시 통합하여 구축해 놓고 있다.

세월의 헐거운 껍데기
훅 불면 날아갈 듯

마른 울음 삼키고
검게 타 버린 한스러움

속삭이듯 되풀이하며
애간장 태우다

기다림의 시간 채우며
먼 길을 걷는

망각의
성.

　　　　　　　　　－〈울엄마 · 3〉 전문

이 시에서 보는 바처럼, 엄마를 망각의 성과 연결시켜 놓고 있다. 그러기 위해 세월의 헐거운 껍데기, 마른 울음, 한스러움, 애간장, 기다림의 시간, 먼 길 등의 시어가 이미지의 그릇을 형성한다.

추상(세월, 한스러움, 애간장. 기다림, 망각)과 구상(껍데기, 울음, 먼 길, 성)의 조화로움, 시각 이미지(헐거운, 날아갈 듯, 마른, 검게 타 버린, 태우다, 채우며, 걷는)와 청각 이미지(훅 불면, 울음, 속삭이듯)의 절묘한 배치 등이 '망각의 성'을 보다 선명히 부각시키면서 시의 깊이와 맛깔스러움을 한결 더해 주고 있다.

보슬비에 젖은 부둣가 비릿한 비음은
된소리로 튀어나와
발걸음을 붙들고

슬픔의 흔적 보듬는 끈끈한 정은
한나절의 장터에
바다를 길어 올리고

긴 행렬의 연둣빛 사랑은
발딱이는 기다림의 향기로
연신 꿈을 실어 나르고

출렁이는 뱃전에 아려온 파문은
휘젓는 날개의 함성을
잠재우고

묵은 세월

목마름에 시린 넋은
자유 좇아 떠나고.

- 〈녹동항〉 전문

　이 시에서, 보슬비에 젖은 부둣가 비릿한 내음은 된소리
로 튀어나와 발걸음을 붙든다.
　이 기막힌 표현 앞에 독자들은 잠시 숨을 멈추고 음미하
게 된다.
　시각 이미지(보슬비)는 촉각 이미지(젖은)와 손잡고, 이어 후
각 이미지(비릿한 내음)와 그릇을 이루고, 다시 청각 이미지(된
소리)와 근육감각 이미지(튀어나와, 발걸음)와 어우러져 미묘한
감성에 색채감과 입체감을 보태 놓고 있다.
　거기에 끈끈한 정과 연둣빛 사랑이 등장하고, 묵은 세월
목마름에 시린 넋까지 동원되어 녹동항의 애잔함과 향수에
촉촉이 젖어들게 하고 있다.
　이처럼 다채롭게 이미지를 구현하여, 말하고픈 주제를 오
히려 더 선명히 드러내는 기법 활용이 돋보인다.

　　연정이 떠나간 자리
　　추억이 길게 누워
　　발걸음마다 흔적을 매단다

　　처서와 입맞춘 세월은
　　푸르게 영근 가지에
　　주렁주렁 일렁이고

　　고독의 잔물결은

저 모퉁이 돌고 돌아
여백을 덧입히고 있다

심연의 바람은
작은 찻집으로 몸을 끌고 가
흐르는 리듬에 맞춰 다독이고 있고

울렁이는 떨림은
빨갛게 익어가는 채색된 사랑마저
계절의 표지 위로 살며시 들어올린다.
               - 〈가을의 길목〉 전문

　이 시는 주경희 시인의 시에 줄기차게 흐르는 낭만과 서
정의 진수를 보여 주고 있다. 추억은 연정이 떠나간 자리에
길게 누워 발걸음마다 흔적을 매달고 있다.
　이 얼마나 고운 시적인 세계인가.
　고독의 잔물결은 또 어떠한가. 저 모퉁이를 돌고 돌아 여
백을 덧입히고 있다.
　독자들이 피곤한 일상에서 좀 쉬었다 한번쯤 가고픈 정
서의 휴식처가 아니겠는가. 그래서 심연의 바람은 독자들
을 심연의 찻집으로 몸을 끌고 가 흐르는 리듬에 맞춰 다독
여 준다.
　이 대목에 이르러 우리는 행복감에 소르르 젖어든다. 울
렁이는 떨림이 있을 수밖에 없다. 이 떨림은 채색된 사랑을
계절의 표지 위로 살며시 들어올려 준다.
　현대인의 강퍅한 마음은 여기에 이르러, 그만 빗장을 풀
고 순수와 낭만과 시심의 아름답고 부드러운 향기를 받아

들일 수밖에 없을 것이다. 그리하여, 독자들은 자연스레 시의 존재 이유를 만나게 된다.

길러 올린 끈끈한 시심
애틋이 볼 비비며
고즈넉한 길 함께할 때
작아지고 싶다

추억의 가지 끝에 매달린
회한이 낮은 곳으로
내려와 출렁일 때도
작아지고 싶다

꽉 찬 열매처럼
설렘이 뒹굴뒹굴
향기로 피어오를 때도
작아지고 싶다

슬픔과 동행하며
달빛 그림자에 묻혀
보이지 않을 때도
작아지고 싶다

사랑의 아픔에
순수를 길어내어
환하게 웃을 때도
작아지고 싶다.

- 〈작아지고 싶다〉 전문

이 시 속에는 주경희 시인의 세계관이 깊숙이 스며들어 있어 감동을 준다.

'작아지고 싶다'는 반복된 리듬을 통해 전체적으로 통일감을 주고, 그 안에서 하나하나 시적 화자의 소망을 이미지로 구현해 내고 있다.

우선 그녀는 인생을 시심과 함께하고 싶어 한다. 한 올 한 올 길러 올린 끈끈한 시심에 손을 내민다. 그 시심을 볼에 비비며 여생의 고즈넉한 길을 동행하고 싶어 한다. 그럴 때는 마음문을 열고 겸허를 받아들이며 작아지고 싶다.

추억 속에서 만난 회한이 아주 가까이 낮은 곳에서 출렁일 때도 같은 마음이다.

일상 속에서도 쉬이 잠들지 않는 설렘이 향기로 피어오를 때도, 달빛 그림자 아래 슬픔과 함께 거닐 때도, 파문을 일으키며 가슴에 안기는 사랑의 아픔이지만, 그 안에서 순수를 찾아 환히 웃으며 인생을 관조할 때도 마찬가지다.

어느덧 터득한 겸허함이 그녀의 시심을 보다 빛나게 해주고 있다. 그녀의 여생이 보다 밝고 보다 순수하고 보다 해맑아 보이는 것도 이 시심 때문이리라.

주경희 시인의 시 세계는 이제 겨우 작은 언덕의 작은 발걸음을 내딛는 정도에 불과하지만, 이후 펼쳐질 광대한 우주에로의 발걸음은 보다 섬세하고 우아할 것으로 보인다.

자기보다는 타인을 더 배려하고 타인의 아픔을 공감하면서 섬기고 챙기는 그녀의 덕성은 앞으로도 무수히 다양한 소재를 시적 형상화로 빚어내리라 기대된다.

우리는 주경희 시인을 이 땅에 허락해 준 하늘에 감사드리고, 그녀와 함께 문학의 꿈을 이루며 나아가는 삶에 아낌

없는 찬사를 보내고 있다.

다시 한번 아름다운 창조의 인생을 활기차게 개척해 나가면서 주옥같은 시들이 담긴 시집을 펴내게 된 주경희 시인에게 기쁨 가득한 박수를 보내 드린다.

– 드높은 시심을 닮아가는 청명한 가을 하늘 아래서
한실 문예창작 지도 교수 박덕은
(문학박사, 시인, 소설가, 동화작가, 문학평론가, 사진작가)

첫 시집을 펴내며

칼바람 부딪히는
유리벽에

처연히
얼어붙은 고백

붉은 가슴 타고
흐르고 흐르다가

아련히
향기에 젖어들어

목꽂을 누르며
흔들어 댄다.

가을빛 타고 세상에
선보이게 된 나의 시심
발갛게 타오른 행복

　어느 날인가 문학 공부를 하기 위하여 찾고 찾던 중 한실
문예창작 문학 동아리를 만나 문학과 창작에 눈을 뜨게 되
었습니다.
　자연의 서정을 시로 승화시켜 기쁨과 행복을 맛보게 되었
고 한 편씩 시를 쓰고 모아서 첫 시집을 펴내게 되었습니다.

■■ 작아지고 싶다

시집을 출간하기까지 열성으로 지도해 주신 한실 문예창작 지도 교수 박덕은 박사님께 감사드리며, 포시런 문우님들과 한실 문예창작 문우님들의 사랑에도, 또 용기를 내게 해준 친구와 우리 가족에게도 감사드리고 싶습니다.

　어쩜 내 마음에 담겨 있는 모든 것을 다 펼쳐 놓치는 못했지만 앞으로 더욱 감사한 마음으로 시를 쓰며 생을 보내고 싶습니다.
　빨갛게 익어가는 채색된 가을에 모든 것, 주님께 영광을 돌립니다.

2012년 10월
청선 주경희

祝詩

주경희

박덕은

순수의
텃밭에서

일상의
울타리 안에서

소박한 꿈을
일궜다

바람이 일자
골목 너머
새 세상이 열렸다

하늘만 바라보던
시야도
길게 눈길을 그었다

일터에서
돌아올 때면
산을 찾았다

가파른 길을
오르내리며
호흡을 세우고

우정과 손잡고
건강과 낭만을
꺼내어 몸에 둘렀다

시시때때로
밀려오는 詩心은
배낭에 넣고

신바람 타고
늘푸름 위를
달렸다

뒤돌아보니
운무 낀 산등성

그 아래
색깔 고운 메아리

우렁우렁
행복자락 이끌고
하늘로 오르고 있다.

작아지고 싶다

님이시여

언제부터인가
운명의 끄나풀에
끌려가듯
자꾸 애태워 하는데
어쩌자고
어쩌자고

사랑을 외면한 채
병들어
시들어 가기만 하니
어쩌자고
어쩌자고

긴 한숨 소리에
잠 깨어 일어나
고개 숙여 바라보니
여전히
사랑스러운 목소리
어쩌자고
어쩌자고

어서 들어오라고
간절한 목소리
왜 가지 못하고
머물고만 있어
어쩌자고
어쩌자고.

작아지고 싶다

길러 올린 끈끈한 시심
애틋이 볼 비비며
고즈넉한 길 함께할 때
작아지고 싶다

추억의 가지 끝에 매달린
회한이 낮은 곳으로
내려와 출렁일 때도
작아지고 싶다

꽉 찬 열매처럼
설렘이 탱글탱글
향기로 피어오를 때도
작아지고 싶다

슬픔과 동행하며
달빛 그림자에 묻혀
보이지 않을 때도
작아지고 싶다

사랑의 아픔에
순수를 길어내어
환하게 웃을 때도
작아지고 싶다.

식물원

연잎 타고 또르르 구르다가
물안개로 피어오르는 아침

해맑은 날갯짓으로
눈뜨는 고추잠자리

우직하게 서 있는 창포 위로
날아와 안기는 귀또리

정겨운 초록 물풀들 사이로
기지개 켜는 물방개

어제의 안타까운 감성으로
촉수 세우는 꽃망울

은은한 향기 마구 뿜어내
겹쳐지는 추억의 발걸음

찰칵찰칵 새겨
신비로움에 젖어들 때쯤

붉게 살 오른 그리움
알알이 단내 풍기며

오롯이 안기는
어여쁜 가을날의 초상화.

여 행

응달비알 선
붉디붉은 몽우리

속살가지 차올라
연연히 흐른다

축수 세우고
돋아난 그리움처럼

기장리 담장 아래
머금은 수줍음처럼

움푹 패인 가슴앓이
흘리는 눈물 가르며

싱그러움 타고
언 가슴속으로 사르륵 흐른다.

녹동항

보슬비에 젖은 부둣가 비릿한 내음은
된소리로 튀어나와
발걸음을 붙들고

슬픔의 흔적 보듬는 끈끈한 정은
한나절의 장터에
바다를 길어 올리고

긴 행렬의 연둣빛 사랑은
발딱이는 기다림의 향기로
연신 꿈을 실어 나르고

출렁이는 뱃전에 아려온 파문은
휘젓는 날개의 함성을
잠재우고

묵은 세월
목마름에 시린 넋은
자유 좇아 떠나고.

만남

포구에
출렁이는
물그림자

고적한
넋
풀어내어

이슬
맺힌
너스레로

낮은 선율의
화폭에
발자욱 찍으며

잠시
상념의 장막에
낭만을 드리운다.

가을의 길목

연정이 떠나간 자리
추억이 길게 누워
발걸음마다 흔적을 매단다

처서와 입맞춘 세월은
푸르게 영근 가지에
주렁주렁 일렁이고

고독의 잔물결은
저 모퉁이 돌고 돌아
여백을 덧입히고 있다

심연의 바람은
작은 찻집으로 몸을 끌고 가
흐르는 리듬에 맞춰 다독이고 있고

울렁이는 떨림은
빨갛게 익어가는 채색된 사랑마저
계절의 표지 위로 살며시 들어올린다.

산책로

출렁이는 푸른빛으로
들이키는 그리움

초롱초롱 눈뜬 꽃잎 타고
찬란히 내려오는 향기

가벼운 발자국은
너울너울 춤을 추고

비틀고 돌리어
매달리는 몸짓에도

맨발로 황톳길 밟으며
도란도란 마주하는 낭만

물안개 피어오른
고즈넉한 곳에도

영롱한 사연
총총 심어 놓고 간다.

작아지고 싶다

길

하얗게 잊혀져 버린 날들이
숨소리만 내쉬며
떠돌다 젖어 뒹군다

등줄기로 내리치는 고독은
정착하지 못한 채
해진 옷고름처럼 너덜거리고

문질러 보는
연정은
울 넘어 고개만 기웃거리고

굽어진 외길로
휘청거리는 발걸음은
자꾸 매달려 초겨울로 파고든다.

죽녹원

운무가 나는 길 위로
들뜬 가슴 문지르던
그리움에 엮인 인연은
댓잎자락으로 피어 흐르고

돌돌 감아올린 낭만은
펼쳐 놓은 시심 따라
대숲 타고 흐르고

애처로운 기다림은
긴 회한의 추억 따라
사각사각 울림으로 흐르고

뜨겁게 달구어진 열정은
행복섶 따라
따스한 사랑으로 흐르고.

상흔

밤하늘의 사색은
실핏줄 타고 흐르건만

두근거린 박동은
잠들어 버린 지 오래

고이 담아 두었건만
이미 말라 버린 향기

애써
펴 보지만

울컥 밀려와
부서지는 파문뿐

자욱이
멀어져 가는 안개뿐

이제는
돌이킬 수 없는 혼불뿐.

자전거

부옇게 쌓인 먼지
홀홀 털어내어
묶여 있는 자물쇠를 연다

모자 불끈 눌러 쓰고
목에 걸린 세상 소리
바람에 날려 보내며

유월의 향기에
꿈이랑 낭만이랑 가득 채워
노을 속으로 달린다

울퉁불퉁 곡예하며 비틀거리다
중심 잃고 튕겨져 나가더니
번쩍 피가 흐른다

아픔을 던지고
다시 탱탱한 바퀴 세워
다리 건너로 페달을 밟는다

구멍 뚫린 가슴 풀어내리듯
빗살 사각거리며
그리움의 자욱 따라 달린다

굽은 언덕 가쁜 숨소리
뚝뚝 흐르는 열정 쓸어 담아

가파른 길 아래로 둥둥 내리치며
달린다

초록 향기 쏟아지는 가로수는
목마름 적셔주고

못다 한 연민은 바람 따라
온몸 흔들기리며 날이기고 있다.

인생

한 금 구겨진 채
누렇게 탈색되어
갰다가 흐려지는 미련

시간을 삼켜가며
정점을 나르는
비파의 울음

무너져 가면서도
돌돌 감기어
헛발질하는 고뇌

끝없는 질주 속에서도
영원의 틈새를 기웃거리는 새.

戀情

날고 싶은 감성이
목 조이며 끌어당기자

허허로움으로
일렁이는 바람결

그리움에
휘감겨

그윽한 향기로
파고들더니

태우지 못한 열정처럼
가슴을 뒤흔든다

영혼을 적시는
따스한 맘 간직하고 싶어.

기다림 · 1

늘 푸르게
이파리마다
살랑살랑

사이사이
고운 향기로
매혹되던 날

그리움의 그림자
살짝
가슴에 숨겨 놓고

줄을 퉁겨 조율하고
맞춰 보면서
맑은 소리로 어물다

나풀나풀
설렘이 춤추는
물푸레나무 아래서.

기다림 · 2

먹구름
높이 가려

회오리바람
몰아치고

파도 소리만
요란하다

절벽을 오르던
진실마저

눈물져
얼어 버리고

빈집에
하염없이 갇힌

노오란
불면의 밤.

강변에서

강바람 불어오는 풀밭
이별의 아픔 위에
길게 눕자

휘그르르
그리움 맴도는
싸한 가슴

달빛 없는
하얀 꽃처럼
으스스 어둠에 젖어든다

흐르는 강물에
얼비친 눈물
저리도 반짝거리건만

깊은 곳에서
외로움의 불꽃은
저리도 높이 솟구쳐 오르건만.

석촌호

출렁이듯
강둑길이 간다

버들가지 고개 숙여 은빛 너울에 입맞추며
소리 없는 진동으로 코끝에 달라붙어
허공을 찌르듯

줄곧듯 비벼대며 발목 누르고
가슴 한 귀퉁이를 문지르며

침묵으로 추억의 깃을 부여잡고
곡선으로 하얀 에움길을 간다

붉은 피 미리 꼭짓점에
낭만 하나 걸쳐 놓고
맑은 영혼을 찾아.

회상 · 1

설익은 열정의 밭고랑이
울퉁불퉁 구름에 가릴지라도

대롱대롱 매달려
너울진 넋으로 한을 세우고

출렁이는 물그림자에
밀려오는 그리움 담아

보일 듯 잡힐 듯
불태웠던 추억 가르며

오롯이 세워진 순결로
속가슴 뒤흔들어

남겨진 발자욱에 꿈을 세운다
하이얀 사랑 돌돌 감아.

오늘

추적추적 내리는 빗살 사이로
동동처대는 비릿한 희열

철커덕거리는 소음처럼
칭칭 묶여 말리는 속울음

꿈틀꿈틀 아련한 향기로 적셔져
쌩쌩 달리는 유리벽의 시심

너울너울 회색꽃 피어올라
추억을 업고 흘러가는 흰구름

작은 무대 위 통기타줄 타고
토해내는 허스키한 목울대

빛바랜 흔적 달고 달아
가슴을 짓누르는 끈끈한 낭만

눈빛으로 별을 세다가
혼을 삼키는 외길에 선 열정.

금장리 바닷가

묵은
비릿함이
자유로이 흐르는
남쪽 끝 작은 섬

거품 물고 솟구치는
너울은
영혼의 울음 되어
서리서리 맺혀 있고

쉼 없이 젖어 차오르는
고독은
저 끝 시선에 묻어 놓은
회한처럼 두드리고

푸르디푸른 솔밭 아래
빽빽이 앉아 있는 추억은
입술과 입술에서 흐르는 허무까지
비비고 뭉개고 있고

오고가는
온갖 사연
뒤꿈치 들고 걸어 보아도
밀려오는 파도에 흔적도 없고

바르르 떨리는
외로움은
몽돌의 아린 사연까지
차곡차곡 눈꺼풀 위로 내려앉힌다.

행복

하늬바람
살포시 다가와
코끝을 두드리고

새색시 되어
푸르른 산천에
향기를 덧칠하고

산모롱이 돌아
꽃능선 타고
걷고 또 걷고

앞소리 뒷소리
장단 맞춰
덩실덩실 춤추고.

방파제

눈꽃 활짝 핀
갯벌 향기
바람에 실려 보내고

칼바람 몰아쳐도
오고가는 발걸음
침묵으로 반기고

해오름 따라
가슴에
추억의 단을 접고.

대둔산 가을

찬란한 붉은빛
행여 떨어질까
조바심 떨며
한 걸음씩

돌무더기 밟으며
줄 서듯
한 걸음씩

추억가지 등에 업고
땀 흘리며 올라가는
끈끈한 사랑도
한 걸음씩

예전처럼
화려하지도
미웁지도 않는 단풍도
한 걸음씩.

유달산

기암절벽이 첩첩이
도는 바람
다도해를 휘감아
봉수대로 오르고

노적가리 지키는
노적봉은 묵묵히
회한의 아픔으로
번지고

사랑의 언저리
소롯이 감싸 안은
여인목의 자태는
시선 멈추게 하고

톡톡 피어나는
붓순나무의 청초함은
강이 되어
저편 추억 끄집어내고 있다.

산행 · 1

새벽바람 가르는 숲길
맑은 음률 따라
가슴속 젖어오는
영혼의 그림자뿐

붉게 물든 가지 끝에
떨리며 휘날리는
이파리의 절규엔
야윈 그리움만

높이 솟아오른
주먹나무 사이사이
피어오른 물안개는
아린 설렘 되어

굽이굽이
돌계단 디디며
불거진 눈시울로
다가와

입맞춤이라도 하듯
헐벗은 동목 곁에서
하나둘 이별의 서곡을
줍고 있다.

산행 · 2

밟히고 뭉개져 침묵 위에
올려놓은 사랑이
데구르르 구르다 떠나 버려

애틋함 송송 배인
송곳대로 오른다

어디쯤 있을까
가슴 짓누르며
울컥거리다

추억 속에
묻어 둔 그리움이
솔향기로 피어오른다

낭떠러지 비탈길로
우정의 허리춤에
밧줄 매달아

뒤틀리는 무게로

살금살금 발을 옮기며
두리번거린다

저기 반짝이는
환희에 젖어
웃는 울음 삼키며.

산장

따가운 햇볕 안고
구불구불
하룻재를 넘고 넘어

비바람에 시달리며
오랜 세월 만고 끝에
순응하듯 그렇게

쏟아지는 추억들
소나기 되어
가쁜 숨 고르고

저 건너
우직하게 서 있는
인수봉처럼

닿지 못한
그리움은
초록으로 휘감겨

허허로운

육신의 덫을 안고

뒤돌아서다.

거금도

갯내음 딛고 피어오른 물안개
흰 거품 가르며 철썩이고

긴긴 세월 서리서리 맺혀
꿈을 키우던 돛대처럼

설렘의 파문은
높은음으로 날고

별똥별 떨어지는 달빛 아래
고래등 능선 곱게 채색되어

푸른 꿈 펼치며
노래하는 곳

그리움으로 품어내는
남도 끝자락 따스한 섬

내려놓은 돛 추커세워
바람이 휘감을 때마다

기다림에 말라 버린 목마름

열꽃 쏟아지는 정오에
물길 가르며 달리는 통통배 위로
반질반질 구워진 향기

방파제 기둥에 친친 감기어
콸콸 쏟아지는 비릿한 서러움

노을빛 타고 바짝 엉클어져
흐르는 고독이
구릿빛 주름진 세월 넘실거리는 곳.

화악산 가는 길

잔물결처럼 일렁이는 숨을
돌돌 감고 있는 촛대바위

그 아래로
뻗어 내린 능선 구불구불
낭만으로 자맥질할 때마다

골짜기 돌 틈으로 쏟아져 밀려와
온몸을 감싸 안은
순백의 순결이 요동친다

정자나무 아래 터를 깔고 앉아
막걸리 한 사발에 묻어 둔 추억 꺼내어
오독오독 씹으며 토해내는 익살에도

푸르디푸른 침묵이 등줄기 타고 내려와
고독을 문지르며
자꾸만 가슴팍으로 파고든다.

오봉산

모롱이 돌고 돌아
내리고 오르니

봉우리마다
하늘 찌를 듯
치솟는 웅장함

바람 따라 스치는
병풍바위 위 그윽한 향기
코끝에 맴돌고

휘늘어지게 피어오른
이파리들의
팔딱거리는 소리

깊은 골짜기
쏟아져 내리는 폭포수에
추억처럼 잠기네.

Y 계곡에 가다

휘젓는 바람 타고
한 발자국씩
오르고
내려가고

밧줄 잡는 손은
이미
내 것이 아닌 듯

바위 틈새 기대어
바라보니
아름다운 산천뿐

까악까악
노랫소리
메아리치니

구슬 땀방울
마침내
어둠을 이기었노라.

백운대

거센 바람
몰아쳐도

깃발 휘날림
변함없이

넌 그 자리
그렇게

사이사이
푸른 솔은

춤을 추며
노래하고

잔잔한
오색 꽃빛

하늘하늘
휘날리며

오고 가는
수많은 메아리

허공으로
솟구치니

하늘도 땅도
푸르러라

맘도 꿈도
푸르러라.

바람

수줍어
울음 삼키고

빗물 속에
눈물 감추고

흔적까지
말끔히 훔치고

통곡 소리마저
지워 버리고

끝내는 어둠에
묻혀 버렸다.

인수봉

가슴의 주름살은
거대한 바위를
친친 감아 오는데

아픈 숨결은
산기슭에 누워
짙푸른 향기 흩뿌리는데

출렁이는
그리움의 물결
속살까지 파고드는데

비파의 음률은
처연하도록
가슴팍을 뒤흔드는데

소낙비
저리 거칠게
마구 퍼붓는데

오늘도 여전히

우직하게

홀로 서 있다.

자전거 타기

찰싹 달라붙은 열꽃이
못다 한 그리움에
녹일 듯한 떨림으로 페달을 돌린다

파고드는 바람처럼
너울너울
환한 열림으로 입맞추며

낭만 한 자락
곱게 무늬 지어
가슴으로 주고받으며

강줄기 끝자락까지
끈끈하게 펼쳐진
노을빛으로 담금질하며.

고향에서

올곧게 쏟아지는
노을빛 아래
설렘 불러 모아

낯설음 잊은 채
깜박깜박 소살거리다
서로 부둥켜안고

주름진 얼굴에
고독 쓸어내리며
잠시 눈물 흘리다가

저 섧디서러운
비릿한 갯내음
깊이 들이마시며

추억의 밥상
푸짐히 차려 놓고
구깃구깃 떠먹는다.

강화도에 가던 날

먹구름 자욱한 둑길
덜거덕 흔들리는 양어깨

끈적끈적 불어오는 갯벌향
들썩들썩 낭만을 쫓아

바다 가르고 물길 밟으며
통통거리는 그리움 안고서

그물망에 걸려 있는 한처럼
뒤엉킨 아픔 흔들어

주거니 받거니
갯바람에 흥겹게 춤을 추고

향수에 맥질된 추억으로
훨훨 엮어 놓는다.

고려산 진달래꽃

운무에 가려
능선은 보이지 않고

갈바람 휘젓고
가랑비만 날리니

타는 애간장 안고
돌아가야 하나

아쉬움에
소리쳐 불러 보니

하늘바람 불어와
꿈결 바다 펼치네

다소곳이 단장한
어여쁜 붉은 몸매

연지 곤지 새색시
치마폭에 휘감겨

이리 살랑 저리 살랑
흔들며 유혹하는

터질 듯한 가슴속
눈부신 향기여.

나의 피서지

곧추서 있던
파리한 침묵마저
상큼한 향기에 젖어
뚝뚝 날갯짓하고

콸콸 뻗어 내린
청명함은 발끝에 닿아
간지럽게 하고

흐르는 돌 틈으로
방울방울 맺힌 회한은
보드라운 감회로 부딪치고

기쁨과 환희가 뒤범벅되어
멈출 줄 모르는 함성은
볼멘 고독을 와르르 씻어내고

깊숙이 패인 가슴 골짜기에
오롯이 피어오른 그리움은
얼비친 발자욱에 익어가고

돌돌 말아 놓은 추억은
붉은 사랑의 놀에 비비나가
아쉬움처럼 땡볕 아래 남겨 두고

비린내 엉기는 냇가에
외로움 꼬리 토해내며
여명의 언저리를 걷고 또 걷는다.

개나리

따스한 하늘빛
물오른 가지 끝

쓰러지고 넘어지다
눈물 훔치며

나풀대는
노란 그리움 내려놓고서

향기롭게
흐르고 흘러

설렘의 날개 펴며
울림으로 파고든다.

목련꽃

아린 가슴으로
실눈 뜨는
눈물의 꿈더미

깊음에서 차올라와
아픈 속살로 벙근
순결의 목멤

시리도록 눈부심에
표류된
몽근 몽우리

추억 끝에 채색되어
옷깃 적시는
유혹의 봄무림.

추억

살랑살랑 흩날리는
상큼한 향기가
코끝 스치자

초록빛 너울 속에
빼꼼히 보이는
하늘빛

그 아름다운 울림에
잠시 멈춰
두 눈 감고

졸졸졸
흐르는 그리움에
마음 담근다.

라일락

꽃비 내리는 하늘가
봄빛 부시도록
곧게 뻗어 있는 외길

연보랏빛 향기
스머드는 가슴팍에
무딘 영혼까지 흔들어

살랑이는 가지 끝에
대롱대롱 입맞추며
소복이 앉아 미소 짓다가

그리움에 저린
추억의 발걸음까지도
곧추세워 저만치 앞선다.

벚꽃길

긴 터널 따라
훨훨 나는 춤사위로
품어내는 향기로움

연분홍 여심에
휘감긴 목메임처럼
그리움으로 돌돌 감아

여울져 솟아오른다
싱그러움의 빛깔 곱씹는
오롯한 나만의 사랑처럼.

울엄마 · 3

세월의 헐거운 껍데기
훅 불면 날아갈 듯

마른 울음 삼키고
검게 타 버린 한스러움

속삭이듯 되풀이하며
애간장 태우다

기다림의 시간 채우며
먼 길을 걷는

망각의
성.

내 마음 · 1

외로움에 떨며
차갑게 식어가는 찻잔 속으로
잔별 부서져 내리는 밤

추억 삼켜 버리듯
가슴에 묻어 놓은 아픔
파도를 일으키면

타 버린 그리움
검게 흐려진 하늘에
풀어 날려 보낸다.

내 마음 · 2

커튼 사이로
스며든 아침 햇살
차향으로 달래다

싸한 바람 타고
서럽도록 떠나지 못하는
그리움의 날갯짓

말간 고드름처럼
추억 매달고 서서
가슴을 핥아 대니

아른거린 목마름에
자욱이 깔리는 안개
사꾸만 하늘 바라본나.

내 마음 · 3

뽀로롱 삐리링
맑은 울림이 초록빛 안으며
입맞추자 하네요

뚝뚝 떨어지는 향기는
가슴 문지르며
소르르 추억을 불러오네요

찬란히 부서지는 햇살은
그립고 그리운 날들을
겹겹이 휘감으며 괴롭히네요

오르고 오르다
숨 가빠 헉헉대며 꿀꺽꿀꺽
자유로움도 마시고 싶네요

가파른 바위에 앉아
바람 따라 자맥질하는
희열의 깃대 세우고 싶네요

어서어서
농익은 낭만 휘감아 안고서
그곳에 가고 싶네요.

내 마음 · 4

깊은 골로 떠돌다
태우지 못한 열정
붙잡는 한 날

에워싸는 그리움은
촉촉이 젖어드는 아픔만
목울대까지 채우고

초로의 석양빛은
가지 끝에 매달려
바람에 살랑거리고

향기롭게
순수를 쏟아내던
감성 한 다발

꽃불 되어
영혼의 뒤안길 따라
걷고 있다.

내 마음 · 5

연잎에 매달린
물그림자

침묵으로
적시어

망각의
언저리에 비비며

가슴팍에
안기면

촘촘히 깨어난
추억이 살랑인다.

화천 가는 길

비좁은 길목에는
어깨춤 들썩이는 북소리가
발걸음 붙들고

빙판 위의 구멍마다
강태공의
고독한 시간을 삼키고 있다

설렘은
차가운 새벽을 끌고 와
오롯이 피어오른 낭만 감싸 안고

파르르 흔들리는 물비늘
수줍어 눈을 감은 날갯짓으로
흐늘흐늘 사랑을 줍고 있다.

겨울밤

잠겨 있는 빗장 풀어
여울진 별빛 담아
떠나보내려 하지만

고요를 문지르며
묻어 놓은 그리움만
목마름에 허기져

아린 그림자 쪼개어
꽃망울이 터지도록
맑은 시간에 묶어 두고

머물던 열정까지
허공에 기대어
삼시 두 눈 감는다.

오늘 하루도

숲길 따라
소곤거리는 낭만이
발걸음보다 앞서고

빽빽이 곧추서 있는
향기 쓰다듬으며
한 바퀴 걸으면

그리움은
세레나데처럼
맑게 흔들린다

목멘 기다림은
자꾸만
가슴에 잠기어 가는데.

이별 · 1

겹겹이 저린 아픔은
가슴 젖어 내리는 비에
보채며 울어대고

발끝에 걸린 긴 시름은
상흔을 허리에 휘감아
주름진 가슴까지 기어오른다.

이별 · 2

알몸이 되어
부서진 꿈 조각
훌훌 털어낸다

붉은 멍울이
다 물들기도 전에
옅은 햇살 받으며

발길에 차이고 뒹굴다가
갈색의 거리로
떠나가며

허허로운 가슴
송송 구멍 뚫린 채
시린 쭈익 님나들며

계절의 갈림길에서
쉼이 어디뇨
목이 쉬도록 외치며.

이별 · 3

차가운 바람결에도
그토록 낱낱이
퍼져 가던 고운 날들

한 잎 두 잎
고개 떨어뜨리며
떠나야 하나요

따스한
연분홍 사랑
피우고 싶었는데

아파하는 눈물꽃 되어
이렇게 홀로
가야 하나요.

낙화

깜박깜박 실눈 뜨고
별을 세며 피어오르는
하얀 꽃비

천사의
내림인 듯

높은음으로 되돌아온
순백의 호롱불인 듯

그리움 친친 감아
나풀나풀 나는 춤사위인 듯

가슴으로 파고드는
저연하도록 눈부신 이별인 듯.

가을의 문턱에서

새벽을 나르는
차가운 리듬에 맞춰

하늘은 청아한 언어로
형형색색 깃을 세우고

어림으로 다가온 추억은
목울대 추켜세워 마른 울음 삼키고

애절한 기다림은
밀려오는 그리움을

침묵과 회한으로 친친 감아
쏟아지는 목마름으로
덧칠하고 있다.

짝사랑

아름다운 선율이 아닐지라도
잔잔히 적셔 주는

먹구름 너머
그늘진 눈자위엔 이슬 맺히는

다시 오지 못할 시간 속에서
그리움만 파닥거리는

함께 날지 못해
발자욱 언저리에 묻어 두는

가까이 두고도
부르터 닿지 못하는.

장마 · 1

끈적끈적 파고든 고독이
바람 휘저어

아픔 상처
곧추세우면

무섭게 달려든 서러움
떨림으로 옥조이며

통곡으로 꽂혀
영혼 깊은 곳까지 닿아

허허로움
깔아 놓더니

세차게 내리치는
이별 껴입고

떠나보내는
노래.

가을의 소리

들녘 길섶에 내려앉아
채색되어 가는
풀 이파리들의 날갯짓

사각거리는
갈대춤 사이
잿빛으로 물드는 시심

잔물결 일렁이는 투명한 빛에
수줍어 눈을 감고 흐르는
솜털구름

곱게 다듬어 놓은 그리움으로
쉼 없이 다가와
가슴앓이 되어 버린 수채화

눈부신 햇살 앞에
살포시 짓는 미소 위로
꿈틀거리는 낭만의 숨결

눈과 눈이 마주쳐 서성이다
가슴으로 파고들어와
눈물 글썽이는 감성

활활 타오르다
작아지는 마음 꼭꼭 감추는
연민의 불꽃.

그리움 · 1

마음 깊숙이 자리한
보고픔이 점점 더
부르터 가는 것을
그대는 알지 못할 거야

비 온 뒤
질척거리는 길을 걸으며
더 아파하는 가슴
그대는 알지 못할 거야

마음 흔들고 지나간
한줄기 비바람의 아우성
그대는 알지 못할 거야

사랑한다고 말하고
뒤돌아가는 슬픔
그대는 알지 못할 거야.

그리움 · 2

싸늘한 가슴 적시며
내리는 가랑비

친친 감긴
목젖까지 흔들고

발끝에 뒹구는 추억은
울먹거리며

시간 속에 묶인 끈 풀어
아픔으로 꿈틀거리고

하얗게 지워졌던 그림자는
곱씹을수록 깊이 파고드네.

그리움 · 3

우거진 풀숲 사이로
스멀스멀 피어올라
자욱한 은빛 물결

촉촉이 젖은 눈망울들
행복 놓치고 싶지 않아
서로 감싸 안으며

다정히 둘러앉아
마음과 마음이
하나되어

숯불 태우는 연기로
밤하늘 수놓으며
우리라고 이름 부르네

말없는 눈빛 속에서
미소로 감기는
그 예쁜 추억

오래도록
깊이깊이
새겨두고 싶어라.

첫눈

산등성이 바람 타고
휘날리는

승화되지 못한
그리움

아롱진 염원 속
긴 잠으로 누운

하얀 침묵의
잔상 위로

어혈 고인 동토에
위로의 서곡처럼

운명의 끄나풀에
아픔과 애환처럼

흩날리네
저리 처절하게.

단풍편지

추억의 침묵은
찬 서리에 젖어 있다가

가지 끝에 흔들리며
반란을 일으키다

휘날리는 이파리에
새겨 놓은 그리움

가슴에 재워 두었던
시린 고백

하나씩
꺼내어

갈바람에 휘휘
얹어 보내련다.

산사

산기슭
회오리치는 바람결에
얼굴 묻고서

잎 하나 없는 나무처럼
흰 속치마 걸친 채
알몸으로 기다린다

은빛으로 출렁이는
억새의 스산한 몸짓은
자꾸 외로움으로 흩어지는데

한 해의 끝자락에 서서
사랑을 갈무리하며
따스한 겨울을 기다린다.

이 가을에

애잔한 마음으로
바라봅니다
쏟아질 듯
눈망울에 고인
당신의 눈물을

애처로워
마음이 시려옵니다
아파하는 마음
달래줄 수도 없고
위로할 수도 없어서

되돌릴 수 없어
자꾸만 아려옵니다
낙엽 휘날리며
바람 스쳐가고
추억까지도 날아가 버린
슬픈 계절이라서.

가을을 기다리며

내리치는 바람에
오색빛 되어

곱게 물든 이파리로
가슴에 남아

달리는 구름 사이로
그리움 주워서

채색빛 단장하여
길섶마루 붙잡고

촉촉이 젖어오는
눈가의 이슬 닦아내네.

겨울바다

노을 질 때
달리고 달려

어둠 솔솔 내리는
바닷가

하이얀 눈이 쌓인
모래사장에 이르러

추억의 발자욱
한 움큼씩 더듬다가

우렁찬 파도 소리에
슬픔 다 실어 보내고

저 멀리 반짝이는
등대 불빛만 싣고

사랑의 새가 되어
고즈넉이 날아 보네.

12월 끝자락

머나먼 길 굽이굽이
거친 바람은
깊은 수면으로만 흐르고

산바람 춤사위
아린 가슴에 작별 고하여
슬픔마저 삼키니

허전한 고독은
서리 내린 발길 서러워
추억의 노트에 발을 담근다.

함박눈

툭툭
제 몸 비비며
날아오르는 연민

한 올 한 올
열정의 따리
틀어 새긴다

소리 없이 내리는
날갯짓으로
둥둥 춤을 추며

햇살 아래
울려 퍼지는
비파의 울림처럼

두 손 모은 간절함 되어
희어지도록
가슴속을 파고들며.

초겨울의 길목

겹겹으로 나뒹구는
낙엽 따라 계절은 가고

핏줄 타고 걷는
추억은 뚝뚝 떨어지고

긴 시름의 등뒤로
흐르는 자욱한 세월

에이는 언저리마다
그리움 달아 놓고

얽히고설켜 걸어 놓은 빗장은
하얀 꽃 피고.

새해 아침에

주름으로 피어난 젖은 깃에
거꾸로 세어가는 세월

시린 흔적은 말리지 않은 채
머리끝으로 밀어내고

터질 듯 멈춰 버린 감성은
헐벗은 가지에 걸쳐 놓고

설레는 가슴팍에
나이 하나 보태어

詩 주머니에 곱게
접어 두고 싶다.

애환

잔 서리 뒤안길에
내리는 사색의 조각들

피멍 든 살갗으로
서걱거리는 침묵에

부스러기 신음처럼
목울대까지 차올라

막다른 골목길에서
하얀 바람 타고 난다.

새아침에

하얀 길섶의 설렘이
아린 가슴 쪼아대는 물총새 따라
뒤뚱뒤뚱 뒷걸음질하는 강가

곱게 접어둔 꿈
한 알 한 알 깨어나
설꽃 가슴으로 피어난다

알 수 없는 긴 터널 건너
눈물로 얼어 버린 추억까지
바람으로 돌돌 감아

하늘을 두드리며
찬란하게 떠오르는 품을 안고
한 땀 한 땀 너를 새겨본다.

차 한 잔

빛바랜 나뭇잎들은
바람결에 구르고
그리움의 가지는
앙상하게 서 있다

스산한 바람은
마냥 스쳐 지나가고
뒤따르는 그림자에
쓸쓸함만 가득

애써 지우려 해도
떠오르는 추억에
마음 적셔져

붉게 눌는 외로움만
중년의 뜨락에
무료히 뒹굴고 있다.

허공

거세게
불어 닥친
회오리바람에도

연신
흐르는
눈물

도무지
멈추지
못해

파란 하늘로도
그 빈자리
채울 수 없어

저며 오는 가슴
부둥켜안고서

그저

울 수밖에.

사랑 · 3

청명한 빛이
마음 휘감고

해묵은 그리움이
가슴벽에 맺혀

깊숙이 다가와
눈가에 젖어들어

하얀 고백 앞에
무릎 굽혀

주홍 같은 피로
성스런 깃발 세워

영혼이 하나될 때
품에 안겨.

사랑 · 4

세찬 울림
부르트도록
가슴 흔들어

돌돌 휘감겨
설렘 안고
달린다

잔잔한 포물선은
얼음 위로 부딪히며
휘그르르

꽁꽁 접어둔
그리움은 조각조각
허공으로 솟구치고

흰꽃 따라 쏟아지는
음률은 너울너울
높은음으로 난다.

사랑 · 5

흐르는 소리 따라
걷고 또 걸어
어디까지 가야 하나

찬란한 빛으로
부르는 소리
그곳까지 가야 하나

갈피 잡지 못하고
파문만 일으키는
회오리바람 타고 가야 하나

매운 떨림으로
그리움의 꽃향기
절절이 피워 올려야 하나

흔들리는 파도에
견디며 기다리며
오늘도 마냥 보내야 하나.

사랑 · 6

깊이
피어오른 향기가
목울대를 채우면

섧도록
멍울져 맺힌
그 긴 시름의 손짓

패인 가슴앓이에
물빛 포물선으로
피그르륵 번지고

눅눅하게
휘감기는 추억은
잠시 머물다가

곱게 펴
흐르는 선율 위로
고즈넉이 난다.

사랑 · 7

초록으로 물들여진
싱그러운 바람

자라고 자라서
열매 맺는 아름다움

초라함도 없고
부러울 것도 없는
행복

늘 그 자리 지키며
파르르 떨리도록
읽어내는 믿음

서로 위로해 주고
서로 격려해 주며
하나되는 푸르름.

사랑 · 8

돌아가리
돌아가리

펑펑
쏟아져 내리는
그리움

사무치는 열병에서
일어나도록
목메어 부르며

얼룩진 마음은
백합 향기로
고이 안아 주며

가슴으로 싸하게
파고드는 불치병
떨리듯 보듬어 주며

한 올 한 올 고운 실로

꿈결 같은
비단옷 지어 입으러

돌아가리
돌아가리.

회우

칼바람 부딪히는
유리벽에

처연히
얼어붙은 고백

붉은 가슴 타고
흐르고 흐르다가

아련히
향기에 젖어 들어

목젖을 누르며
흔들어댄다.

봄바람

하늘을 힘껏 밀어 올려
먼 산이 꿈틀꿈틀

발갛게 달아올라
터져 버린 그리움처럼

연초록 꿈자락 날리며
하늘하늘 기지개 펼쳐

오롯이 시들지 않는
처음 머금은 향기 그대로.

한천로의 가을 아침

깜박이는 청아함
바람에 사각거리다

문지르고 덧칠하며
걷고 달린다

방울방울 맺히도록
열정을 태우더니

야릇한 사색에 빠져 가는
쪽빛 그리움

구겨져 있는 가슴속
구석구석 채색한다.

164

황혼

허들허들 허연 머리 감싸 주는
엷은 햇살 찬바람에
비틀 곱들 지팡이 앞서 가며
손 꼬옥 붙들고서
꺼져가는 영혼을 부둥켜안은 듯

바짝 따라붙은 적막감은
끝자락에 매달려 추억을 삼키고
허공을 맴도는 회한이 볼을 적시면
늘어진 의자에 주저앉아
겹주름에 가쁜 숨 고른다.

언제나

너와 나의 사랑
그 속에는
산과 들에 초록으로
물들일 비만 내리고
꽃향기 가득한 햇살만 넘치거라

손잡고
영원까지 가는 동안
너의 온기만 넘실거려
함박웃음 가득한 세상이 되거라

항상 우리 곁에
네가 있어
땅끝에서 하늘 끝까지
파란 꿈 달리는
꽃길 펼쳐 주거라.

오로지

강물 속에
세상이 있네

흰구름 먹구름
잡힐 듯 말 듯
달려가네

강 따라
물 따라
구름 따라

저 산 넘어
황혼빛 찬란함 넘어

불타는 사랑으로
자나깨나 한마음으로

그대 향한
파란 하늘 되어
넋 놓고 달려가네.

영봉산

솔가지 한들한들
미소 짓는 산내음에

눈부시도록 펼쳐 놓은
우주를 감싸 안고

물푸레나무 아래
마당바위 베개 삼아

추억의 수채화 그리며
촉촉이 시심에 젖어 있다.

봄날

구불구불 논둑길의 낭만은
녹색 향기 되어 코끝을 끌어당기고

연민으로 흩날리는 꽃잎들은
낮은 자세로 그리움 쏟아내고

휘감기며 뻗쳐오른 애잔함은
햇볕 타고 울림으로 다가오고

두덕두덕 널브러진 추억들은
넝쿨 타고 흘러내리고

더듬고 더듬어 뽑아 올린 향기는
조잘조잘 도란도란 노래하고.

봄

가슴속 둥둥
돌고 돌아

너풀너풀
달려가

멀디먼
파장으로

출렁이는
넋의 향기여

설렘으로
마주치는 황홀이여.